哪里都能去的电车

[日]矢玉四郎/著　彭　懿/译

二十一世纪出版社集团
21st Century Publishing Group

3

三郎有一辆电车。

它的名字叫——“哪里都能去的电车”。

哪里都能去的电车，

哪里都能去。

“信号灯亮了，出发！”

哐当，哐当。

语文
香烟

翻过围墙。

哐当，哐当。

翻过屋顶。

哐当，哐当。

“动物园到了——

动物园到了——”

三郎一踩刹车，电车发出了声音。

嘎吱——扑哧——

野猪有样学样，用鼻子发出了声音。

嘎吱——扑哧——

3

老虎在睡午觉，
迷迷糊糊地说着梦话：
“好想吃咖喱饭啊……”

3

鳄鱼打了一个大哈欠：

“哈哟哟哟哟——”

动物们一个个都无精打采的。

三郎好失望。

“大家全都躺在地上睡觉，
太没劲儿了。”

狮子不好意思地说：

“因为我们一直被关在笼子里，
哪里也去不了嘛。”

哪里都能去的电车，哪里都能去。

哐当，哐当，电车开进了笼子里。

狮子吓了一大跳。

“哇——不得了！我也要坐电车！”

狮子坐上电车，哐当，哐当。

三郎开着电车，按照顺序，

围着动物园的笼子绕起圈来。

“请要上车的动物快点上车，
小心不要踩到尾巴。”
动物们好像去春游一样，开心极了。
叽里呱啦，你推我挤，兴奋得闹成一团。
可是这么一来，电车就开动不了了。

狒狒只好当售票员：

“喀喀，大家请往里面挤一挤。”

动物园的笼子空了。

饲养员大叔慌忙追了上来：

“站住——等等我——”

动物们乱哄哄地叫了起来：

“我们不要待在笼子里——”

哐当，哐当，电车开出了动物园。

道路上全是车。

三郎全神贯注地开车。

长颈鹿伸长了脖子说：

“三郎，你再开快点，要被追上了。”

大象说：

“那开进百货商店里去吧。”

减速！
ABC
3
车站

屋
丸屋
行人信号灯

哪里都能去的电车，哪里都能去。

三郎提醒说：

“电车转弯，请车顶上的乘客注意不要掉下去。

下一站是百货商店，下一站是百货商店。”

哐当，哐当。

饲养员大叔追到百货商店里头来了。

狐狸叫了起来：

“躲到服装店里去。”

狸猫拍着肚子说：

“这个主意太好了！乔装打扮这件事就交给我吧。”

哐当，哐当，电车开进了服装店。

试衣间

动物们穿上自己喜欢的衣服，
像时装模特一样，
站在那里一动不动。

饲养员大叔从动物们的面前走了过去。

河马一边搓着屁股一边说：

“这条裤衩太小了，我都被勒出橡皮筋的印子了。”

海象说：

“刚松了口气，肚子又饿了。”

哐当，哐当，电车朝餐厅开去。

“下一站是玩具卖场。”

哐当，哐当。

哐当，哐当。

玩具卖场正在卖动物布偶。

店员拍拍布偶的屁股，扯扯布偶的耳朵，说：“看，多么结实的布偶啊！不管你怎么拉，也拉不坏。”

乱哄哄 乱哄哄
布偶特卖会

狮子看见了，露出尖牙，吼道：

“嗷——你敢欺负我们的小伙伴！嗷呜——”

大猩猩张开大鼻孔：

“嗥呜——嗥呜——”

狼和美洲豹也吼了起来：

“呜嗷嗷嗷——”

“嘎啊——”

听到吵闹声，饲养员大叔跟来了。

“喂！你们都给我乖乖地回动物园去！”

动物们齐声回答：

“我们绝对不会再回笼子里去了！”

大叔的脸都气红了。

屋
丸屋
KIKUYA
喜久屋

三郎急忙跳进电车里。

逃啊！电车在百货商店里兜起圈子来。

从这边兜到那边，又从那边兜到这边。

外边挤满了看热闹的人。

叽里呱啦，你推我挤，兴奋得乱成一团。

哐当，哐当，哪里都能去的电车从屋顶上溜走了。

LON coffee
LON
LON
LON
拉面
荞麦面

饲养员大叔一边挥动扫把，一边喊：“站住——”
三郎慌得出了一身汗。
“我们逃不掉了。”

3

车顶上的小蛇偷瞄了一眼：
“钻进土里就没事了。”
哪里都能去的电车，哪里都能去。
哐当，哐当，电车朝土里钻去。

“站住，站住！”

饲养员大叔追到土里来了。

动物们放声尖叫：

“不要回去啊——”

哪里都能去的电车，在黑暗的地道里飞驰。

砰砰，哐当；砰砰，哐当。

砰砰，哐当；砰砰，哐当。

兔子吓哭了。

“我害怕——”

“请放心，我马上就开灯。”

三郎打开了车灯。

哐当，哐当，哪里都能去的电车加快了速度。

猫头鹰望着后方说：

“他已经不追了。”

哐当，哐当，哪里都能去的电车从窨井里出来了，

来到了明亮的地方。

哎呀！

电车裹了一身泥巴。

狐狸看着白熊说：

“你成了一只泥巴熊。”

三郎说：

“下一站是澡堂，下一站是澡堂。”

哐当，哐当。

哐当，哐当。

电车开进澡堂。

大家一齐动手，把电车洗得干干净净。

唰唰，唰唰。

哗啦，哗啦。

三郎问动物们：

“接下来，你们想去什么地方？”

想不到动物们说：

“那还用问吗？当然是非洲了。”

“除了南极我哪都不去。”

“阿拉斯加州！”

“高崎山！”

动物们又乱套了。

三郎想了一下说：

“有没有你们能一起去的地方呢？”

然后……

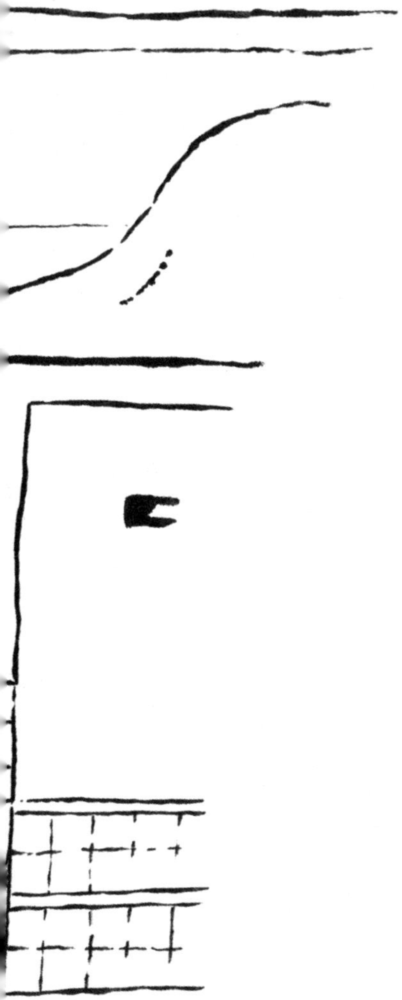

哪里都能去的电车，哪里都能去。

哐当，哐当。

哐当，哐当。

3

三郎一个人开着电车出了澡堂。
饲养员大叔黑着脸站在那里。
“喂，动物们去哪里了？”
“那里。”

啊！

饲养员大叔气得咬牙切齿：

“哼——既然这样，那没办法，

我就泡在澡堂里等动物们出来。

要是被我抓到，我非用扫把狠狠地揍它们一顿。”

大叔从澡堂里出来了。

摇摇晃晃、摇摇晃晃地出来了。

他泡澡时间太长，泡晕了。

不管他再怎么等，动物们就是不出来。

三郎开着电车，直接回家去了。

哐当，哐当。

哐当，哐当。

3

3

“终点站到了，终点站到了。驾驶结束。”

最后，三郎用力一踩刹车。

嘎吱——扑哧——

你也哐当，哐当

矢玉四郎

你觉得动物园的饲养员大叔是个坏心眼儿的人吗？

可是你要知道，这会儿，大叔正在绞尽脑汁地想着怎样才能让动物们开心地回到动物园来呢。

现在，地球上的动物们没有可以放心生活的地方，大家对此都非常苦恼。

逃跑的动物中，也有不在动物园得到照顾就会死掉的动物。

实际上，饲养员大叔是最担心动物的人。

来吧，你也坐上“哪里都能去的电车”，去帮动物寻找它们能快乐生活的地方吧。

三郎的电车是三号车，你的电车是几号车？

如果你准备好了，就出发！

图书在版编目（CIP）数据

哪里都能去的电车 / (日) 矢玉四郎著；彭懿译
. -- 南昌：二十一世纪出版社集团, 2024.6
（晴天下猪系列）
ISBN 978-7-5568-8341-7

Ⅰ. ①哪… Ⅱ. ①矢… ②彭… Ⅲ. ①儿童故事－日本－现代 Ⅳ. ①I313.85

中国国家版本馆CIP数据核字（2024）第093023号

哪里都能去的电车　［日］矢玉四郎 / 著　彭　懿 / 译
NALI DOU NENG QU DE DIANCHE

出 版 人	刘凯军
编辑统筹	谈炜萍
策划编辑	彭学军　魏钢强
责任编辑	刘晨露子　孙睿旼
出版发行	二十一世纪出版社集团（江西省南昌市子安路75号 330025） www.21cccc.com
经　　销	新华书店
印　　刷	南昌市红星印刷有限公司
版　　次	2024年6月第1版
印　　次	2024年6月第1次印刷
印　　数	1~5,000册
开　　本	889 mm × 1194 mm　1 / 24
字　　数	25千字
印　　张	$3\frac{1}{3}$
书　　号	ISBN 978-7-5568-8341-7
定　　价	20.00元

赣版权登字 -04-2024-369　
购买本社图书，如有问题请联系我们：扫描封底二维码进入官方服务号。
服务电话：0791-86512056（工作时间可拨打）；服务邮箱：21sjcbs@21cccc.com。